# 흉터

Translated to Korean from the English version of

Scars

**Immane Shiphrah**

**Ukiyoto Publishing**

모든 글로벌 퍼블리싱 권한은

**우키요토 출판**

2023 년 발행

콘텐츠 저작권 © Immane Shiphrah

**ISBN 9789359209067**

판권 소유.

이 출판물의 어떤 부분도 출판사의 사전 허가 없이 전자적,
기계적, 복사, 녹음 또는 기타 어떤 형태로든 검색 시스템에
복제, 전송 또는 저장할 수 없습니다.

저자의 저작 인격권이 주장되었습니다.

이것은 허구의 작품입니다. 이름, 등장인물, 사업체, 장소,
사건, 로케일 및 사건은 작가의 상상의 산물이거나 가상의
방식으로 사용됩니다. 실제 인물, 산 사람이나 죽은 사람,
실제 사건과의 유사성은 순전히 우연의 일치입니다.
이 책은 출판사의 사전 동의 없이 출판된 것 이외의 어떤
형태의 구속력이나 표지로도 거래 또는 기타 방법으로
대여, 재판매, 대여 또는 유통되지 않는다는 조건에 따라
판매됩니다.

**www.ukiyoto.com**

나는 이 첫 번째 책을 세상이 자살로 잃은 사람들에게 바칩니다. 그들은 더 나은 대우를 받을 자격이 있었습니다.

# 승인

우울증, 불안, 자해와의 싸움을 통해 변함없는 지지자가 되어 준 가족에게 감사드립니다.

# 머리말

우리 모두는 고군분투합니다. 우리는 모두 아프다. 우리는 모두 텅 빈 마음에서 사랑을 찾고 낯선 사람의 품에 속하기를 바라는 부서진 사람들일 뿐입니다. 우리 중 일부에게는 인생이 쉽지 않습니다. 때로는 죽는 것이 더 나은 선택인 것 같습니다. 하지만 이 글을 읽고 계신 모든 분들께 큰 소리로 외칩니다... 아직 살아 있고 여전히 싸우고 있습니다. 자살은 선택 사항이 아닙니다. 당신은 높은 곳에 도달해야 합니다. 사랑이 다가오고 있습니다. 치유가 문앞에 있습니다. 구름이 맑아지고 첫 번째 햇빛이 밝아졌습니다. 멋진 날이 다가오고 있습니다. 그러니 포기하지 마세요. 계속 붙잡아. 우리는 모두 한 번에 한 걸음씩 혼란을 헤쳐나갈 것입니다. 하나님은 모든 것을 지켜보고 계십니다. 그는 이미 손을 댔습니다. 모든 것이 잘 될 것입니다. 희망을 잃지 마세요, 왜냐하면 여러분은 더 많은 것을 위해 만들어졌기 때문입니다.

# 내용물

| | |
|---|---|
| 내 가슴 속의 새 | 1 |
| 달 – 황혼의 전투 | 5 |
| 당신은 누구인가 | 8 |
| 나비 – 아름다운 | 11 |
| 내 돛의 바람 | 13 |
| 한나 베이커에게 보내는 공개 서한 | 15 |
| 불사조 | 19 |
| 18 세가 되다 | 21 |
| 울기 위해 뒤로 간다 | 24 |
| 꽃잎 | 25 |
| 별 | 26 |
| 그녀는 죽었다 | 28 |
| 아직도 나는 일어난다 | 32 |
| 옛 | 35 |
| 우리는 같지 않습니다 | 37 |
| 사랑 | 39 |

아프다 41

가장 밝은 미소 43

Immane Shiphrah

# 내 가슴 속의 새

내 안에 있는 것은 뭔가 이상하다

이 새는 너무 거칠고 결코 길들일 수 없습니다.

그것은 날개를 펄럭이며 내 마음의 측면을
때린다 내가 완전히 무너질 때까지
그렇게합니다.

만난 치료사 .. 그녀는 그것을 우울증이라고
불렀습니다. 그녀는 "해결책을 찾기 위해

## 흉터

죽여라"라고 말했다.

너무 혼란스러워서 나는 새가 내 안에 있었기 때문에 죽게 내버려 둘 수 없다, 굶어 죽게 할 수 없다.

나는 인생을 빼앗기에는 너무 좋았다

나는 날마다 천천히 죽어 가기 시작했다.

나는 매일 그 새에게 내 마음의 조각을 먹였다 그것은 크게 자랐고, 내 가슴 속에는 너무 작아서 머물 수 없었습니다.

그것은 새의 것이었고, 내 것이 무엇이든 만족할 줄 모르고, 그녀는 내 마음을 찾으러 왔습니다. 그동안 나는 너무나 고통스러웠다

그러나 나를 계속 나아가게 한 것은 적어도 제정신이었다는 것입니다. 그러나 이제 그 새가 내 머리를 찢어 버렸다.

그녀는 내가 침대에 누워 있는 동안 생각을 말하기 시작했다. 그녀는 내 머리 속에서 행진하는 악마를 낳았습니다

나는 고통스러워하며 죽음을 간청했다. 그녀는 내 마음을 조금씩 먹어치웠고, 서서히 내 세상은 어두워졌다.

치료사의 말이 내 머리 속에 울렸다

그래서 나는 잠자리에 들기 전에 그녀가 준 약을 먹었다. 나는 긍정적인 태도를 유지하려고 노력했다

나는 덜 민감하려고 노력했다.

다음날 아침, 나는 일어 났고 충격을 받았다 내 머리는 비어 있었고 내 마음도 마찬가지였다 !!

새는 어디로 갔습니까?

나는 궁금해했다 ... 적이라기보다는 친구에 가까웠다. 그 설렘이 없으면 내 마음은 공허합니다.

악마가 행진하지 않으면 내 마음이 무겁습니다.

머릿속에 목소리가 없으면 외로움을 느낀다 몸에 그 새가 없으면 내 하루는 참으로 변덕스럽다

가슴에 통증이 없으면 무감각 해진다 '왜냐하면
그것은 내가 느낄 수있는 유일한 것, 내가
사랑하는 유일한 것이었기 때문입니다.

새가 나를 죽이고 있었고, 나는 고통 스러웠다.
나는 새를 죽였고, 나는 여전히 고통 스럽다.

# 달 – 황혼의 전투

붉은 강이 하늘을 가로질러 흘렀다

석양의 상처에서 피가 뚝뚝 떨어졌다.

낮이 밤과의 싸움에서 졌지만 빛은 잃었고
어둠이 이겼습니다.

태양의 군대는 거의 포기할 뻔했다 그들은 그들의 지도자가 잘리는 것을 보았다 빛의 병사들의 왕국은 역추적했다 밤이 왕관을 쓸 시간이었다.

갑자기 한 군인이 멈춰 서서 "어둠이 빛을 이겼다"고 돌아섰고, 그는 그 소리가 마음에 들지 않았습니다.

그는 빛이 그녀의 왕좌에서 내려오지 않도록 하기 위해 혼자 밤의 군대로 곧장 돌진했습니다.

혼자서 그 용감한 병사가 싸웠다. 어둠의 바다를 그의 영광스러운 빛으로 채우십시오.

그런 용기를 목격하고 태양은 곧 회복되었습니다

영감을 받은 빛의 군대는 전장으로 진군했습니다

, 다시 튜닝

이 위대한 전사는 참으로 큰 도움이 되었습니다 오, 이 힘센 사람, 그들은 그를 달이라고 불렀습니다.

전쟁은 빛에 찬성하여 끝났습니다

어둠이 감추고 날이 밝았습니다. 이것은 황혼의 전쟁이 새벽에 빛의 승리로 어떻게 끝났는지에 대한 이야기입니다.

잊지 말아야 할 것은, 위험을 감수하고 전체 게임을 계속 진행한 것은 달이었습니다.

# 당신은 누구인가

나는 평생을 적응하려고 노력했다

하지만 나는 모두와 달랐다 백만 개의 별 중 하나가 되고 싶었다 내가 태양인 줄도 모르고....

엄마는 동화와 옛날 이야기를 읽었습니다.

"있는 그대로의 자신이 되십시오"

나는 인생이 긴 여정이라는 것을 배웠고 모든

흉터에는 아름다움이 있습니다.

어떤 사람들은 시간이 치유된다고 말하지만 시간이 지날수록 더 나빠졌습니다 내가 느끼는 것을 숨기려고 노력

화창한 날, 긴팔 셔츠를 입고 나에게는 쉽지 않았다

매일 끊임없이 싸우는 것은 힘들었다 숨쉬기가 너무 힘들어졌다

나는 결코 충분하지 않을 것이라고 스스로에게 말하기 시작했습니다.

나는 노력하고 노력하고 있습니다 , 멀리 가려고합니다

죽어가는데도 심장이 뛰고 있어요 결국 , 나는 위에 계신 주님을 믿습니다

나는 그가 처음부터 통제하고 있다는 것을 안다.


오, 왜 우리는 싫어합니까?
지금 당장 우리의 빛을 퍼뜨리자..

우리 머리를 통해 실행되는 백만 가지 의심이 있습니다,

그러나 우리의 사랑으로 그것을 이길 수 있습니다.

Immane Shiphrah

# 나비 – 아름다운

나는 나비를 보았다. 그녀는 얼마나 아름다운가.. 그녀의 날개가 펄럭였다... 그녀는 누구나 원하는 모든 것입니다

있다...

나는 그녀가 아름다움의 정의라고 생각했다. 산들바람에 우아하게 움직이는 그녀를 보면서...

갑자기 벌의 윙윙 거리는 소리가 들렸습니다 ... 짜증이 났고 화를 내며 돌아섰다.

가족에 대한 사랑으로 열심히 일하는 꿀벌.

나는 생각했다 "여전히 아름다운 나비, 그는 할 수 있습니다

절대 안 돼 ".

하지만 그 순간, 내면에서 무언가가 이야기하기 시작했습니다

저...

아름다움은 당신이 보는 것에 근거하지 않습니다 ...

그것은 깊은 어딘가에 숨겨진 감정에 가깝습니다.

# 내 돛의 바람

항상 너무 많거나 너무 적다 너무 저주받거나 너무 축복받은

너무 완벽하거나 너무 엉망입니다. 너무 공허하거나 너무 스트레스를 받습니다. 바다를 항해하면서 나는 돛에 눈을 떼지 않았다.

바람은 내 배를 계속 움직였다 내 배는 파도 위에서 춤을 췄다.

나는 너에게 이것을 말할 수 있었으면 좋겠다, 나는 찬양을 부를 수 있었으면 좋겠다. 그러나 오늘 바다는 너무 무례하고 강한 바람이 내 돛을 찢었습니다. 나는 갑판에 서 있었다.

거대한 바다에서 나는 한 점이었다. 파도가 양쪽에 부딪치고,

아래에 있는 나무에 금이 갔다. 나는 조수에 비명을 질렀다

하나님께 나의 잘못을 용서해 달라고 간구합니다. 갑자기 신이 나를 죽음으로 축복하셨고, 나는 바다 깊숙한 곳으로 가라 앉았다.

그래서 내가 tht 지점으로 여행하게 된다면 내가 말하는 것을 듣는 것을 잊지 마십시오

바다의 힘에 대한 경고

그리고 그 안에 있는 당신은 단지 얼룩일 뿐이라는 것을 상기시켜줍니다.

# 한나 베이커에게 보내는 공개 서한

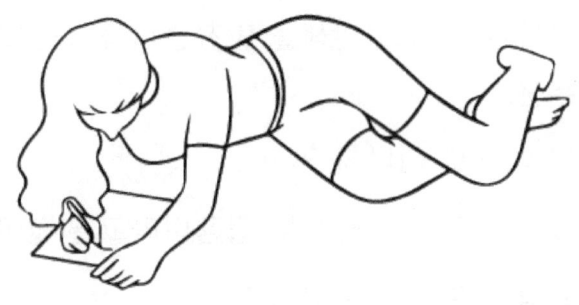

안녕 한나...

내 입이 말하지 못한 모든 것을 세상에 말해줘서 정말 고마워...

U 는 정말 착한 소녀였지만 피비린내 나는 세상 U 가 기적이라는 것을 못하고 당신은 은혜롭게 움직였습니다...

그들은 필요할 때 당신을 다 써 버렸고 단순히

## 흉터

당신을 버렸습니다.

그들은 한 조각씩 당신을 부숴버렸습니다...

당신의 마음, 당신의 영혼, 그리고 당신의 모든 길....

그들은 당신의 인생을 망쳤습니다. 그것의 모든 부분...

단 하루도 떠나지 않고...

모든 사람들이 당신을 겁쟁이라고 말할 때...

용감한 모습이 보이네요...

당신이 진정한 싸움을 하기 때문입니다

매일 모든 것을 함께 잡습니다..

U 는 오랫동안 살아 남았습니다 ... 깜짝 놀랐습니다...

내가하지 않았기 때문에 ... 나 자신을 자르는 데 오랜 시간이 걸리지 않았습니다.

그들은 당신이 행복하다고 생각했습니다 ...

그러나 그들은 그것이 모두 가짜라는 것을 거의

알지 못했습니다.

당신은 당신이 이해한다고 생각했던 영혼을 찾았습니다 ...

당신을 안전하다고 느끼게 해준 그 한 남자...

그러나 그의 모든 노력은 당신을 도울 수 없었습니다 하지만 그냥 지체하세요...

네가 죽는 날, 네가 죽던 날...

U 는 우리를 너무 빨리 떠났습니다 ...

그날 직전...

U 는 그 한 가지 이유를 발견했습니다. 마지막으로 머무를 곳...

U 는 떠나야 할 13 명과 남을 12 명이 있었습니다

내 것은 백만 대 8 의 비율이지만....

내가 뭘해야하지....

떠나거나 머물러 있습니까?.?

나는 한나를 계속 시도 할 것이다 ...

나는 같은 실수를 하지 않을 것입니다 ....

나는 살아남기 위해 최선을 다할 거야 그 마지막 날까지...

내 이유가 내 이유와 같은 날 머무를 이유.

당신이 한 모든 일에 대해 당신이 너무 자랑스럽습니다... 하지만 나는 말하고 싶다.

그 13 가지 이유는...

그것은 u 를 자르고 죽게 만들었습니다.

그것은 모두 거짓말이었다. 그들은 당신의 목숨을 받을 자격이 없습니다...

당신이 화장실에 들어간 그날 내가 당신에게 이것을 말하러 거기에 있었기를 바랍니다

칼날 한 팩으로...

내가 말하고 싶은 모든 것 후에

친애하는 한나, 당신은 머물 예정이었습니다.

# 불사조

그녀의 팔다리가 부러지고 날개가 찢어졌지만

그녀는 이 혼란을 헤쳐나가 절뚝거리며 그녀가 속한 곳에 도달할 것입니다.

그녀는 자신의 기초가 흔들리고 있다는 것을 알고 있습니다 그리고 그녀의 믿음은 작아졌습니다 모든 기억이 창조되었습니다

그녀는 지우고 계속 나아 갔다. 하지만 그녀는 최선을 다하고 있습니다.

언젠가 세상이 목격하게 될 것입니다

굳건히 버텼던 소녀의 전설적인 이야기 얼마나 멋진 광경일까요?

불사조처럼 불길에서 솟아오르는 그녀, 환생.

# 18 세가 되다

그녀는 열여덟 살이 되었습니다...

이루지 못한 깨진 꿈으로 그녀의 고통은 사실이었지만 그녀는 숨겼습니다.

그녀는 자신의 상처가 치유하기에는 너무 많다는 것을 깨달았습니다.

그녀의 마음은 상했고, 그녀는 그녀를 느끼게 한 행복을 훔치고 싶었습니다

그때 그녀는 진짜 그녀였습니다.. 하지만 그

## 흉터

생일날 밤에

그녀는 너무 강하게 싸웠다

그녀의 모든 것과 그녀의 모든 힘을 다해

그녀가 죽는 것 이상을 할 수 있다는 것을 보여주기 위해... 그녀가 그것을 할 것이라는 두려움에 사로 잡혀 어젯밤을 보내기 위해... 오전 3시.. 언제나처럼 깨어나십시오 ...

슬픈 노래를 듣고 마음이 아프게하는 그녀는 특별한 날에 아무런 차이가 없습니다.

그녀가 감당할 수 없을 정도로 부서졌기 때문에....

그녀는 케이크를 자르면서 미소를 지었다

하지만 그녀가 속인 그 미소에 대해서는 아무것도 몰랐습니다.

그녀는 촛불을 날려 버렸다

눈을 감고 소원을 빌었다...

곧 떠나고 머물지 않을 것입니다

당신은 말했습니다, "그것이 일어나게 내버려 두십시오 .... 당신이 원했던 모든 것".. 그녀가 사라지고 싶어한다는 것을 알지 못하고...

24 흉터

# 울기 위해 뒤로 간다

사람들은 너무 심술궂어서 왜 그런지 계속 물었습니다

그것은 그녀를 죽음으로 몰아넣은 것보다 그녀를 더 아프게 했습니다...

그녀는 겨우 열일곱 살이야 거짓말을 잘 안다 화면에서 웃으면서

그녀는 울기 위해 뒤로 간다.

## 꽃잎

그녀는 아름답다고 느끼고 싶었다

그러나 ppl 은 결점을 찾는 데 능숙했습니다. 그녀는 사랑받고 싶었다

그러나 항상 그녀가 충분하지 않다는 말을 들었습니다

그녀는 우러러보고 싶었지만 항상 밟혔다 그녀는 바람을 느끼고 싶었다 그러나 그녀의 꽃잎은 날아갔다

그녀는 살고 숨 쉬고 싶었지만 그녀는 빨리 사라졌습니다!

# 별

넌 아름다워, 있는 그대로의 모습

부서진 조각과 흉터로

그것들은 부서진 부품에 지나지 않습니다
빛나는 것들, 우리가 별이라고 부르는 것들.

그러나 세상이 당신을 올바르게 대할 것이라고 기대하지 마십시오. 그들은 밤새도록 당신을 쳐다보기만 하지만 태양이 밝게 빛날 때 당신이 존재한다는 것을 잊습니다.

하지만 그렇다고 해서 스타가 되는 것은 아닙니다. 사실, 그것이 당신이 하나가 될 이유입니다.

# 그녀는 죽었다

그녀는 죽었다

네가 알던 그 어린 소녀. 이제 모든 것이 당신의 머리 속에 있습니다

그리고 그 소녀는 더 이상 없습니다.

그녀는 고통을 덜어주기 위해 모든 것을 시도했습니다

그러나 그녀는 그녀의 뇌를 지배하는 목소리에 의해 사슬에 묶이는 것 외에는 아무것도 할 수 없었습니다 당신의 정원에는 햇살이 내리쬐고 있었지만 그녀의 정원에는 비가 내렸습니다. 그녀는 족쇄를 풀기 위해 최선을 다했습니다 그녀는 기도하는 방법을 몰랐지만 하나님께 간청했습니다.

그녀가 서서히 먹잇감이 되고 있다는 것이 너무나 분명했다

승리의 춤을 추는 그 괴물에게, 그녀의 노력을 헛되이 남겨두고.

그녀는 두려움이 죽고 생명이 유지되기를 원했습니다

그러나 그녀는 불쌍하고 팔에서 피와 얼룩을 씻어냅니다.

이 그림자와 함께 사는 것은 쉽지 않습니다

그것은 허리케인으로 변합니다, 부드럽고 상쾌한 느낌.

우울증은 깊이 찌른다

그것은 부분적으로 완전히 부서집니다. 이 작은

아가씨에게 감히 질문하지 마십시오 그녀의 원래 자아가 최근에 있었던 곳. 그녀는 별 어딘가에 있습니다.

그러나 그녀가 어떻게 밝혀 졌는지 보는 것은 고통 스러울 것입니다.

눈부신 색상의 세계에서

내 정원은 검은 색과 회색 꽃으로 가득 차 있습니다. 이 이상한 소녀가 들을 수 있는 유일한 음악

눈물이 뚝뚝 떨어지는 미약한 소리인가 외로운 소녀의 조용한 비명

이 항상 인구가 많은 크고 넓은 세상에서. 그녀는 울었고, 우울증은 웃었다

그녀는 노력했지만 결코 충분하지 않았습니다 살기 위해, 그것은 죽인다

그래서 그 어린 소녀는 약으로 변했습니다. 아무것도 도움이되지 않는 것 같았습니다.

하늘마저도 멈춰 섰다. 그녀는 혼자 남겨졌고

울었다

그녀는 포기하지 않겠다고 맹세했지만, 나는 그녀가 그렇게 할 것이라고 확신합니다.

가슴을 짓누르는 부담 그녀는 노력하고 있지만 표현하기가 어렵다는 것을 알게 됩니다.

흉터

# 아직도 나는 일어난다

잠에서 깬 순간 태양이 회색으로 변하는 것을 보았고, 발밑의 땅이 부서졌다.

그날 아침 새들은 노래하지 않았습니다

그들은 부러진 날개 때문에 날 수 없었습니다. 수선화는 기쁨을 가져다주지 않았습니다

잔잔한 바다에서 파도가 사라졌습니다. 그날 아침, 악마들이 거리를 걸었다 잠깐 동안 어둠이 빛을 압도하는 것처럼 보였다.

나뭇잎은 더 이상 녹색이 아니었고 기쁨은

어디에도 보이지 않았습니다.

그녀는 눈 밑에 다크 서클로 일어났다 그녀는 믿음에 지쳤고 기쁨을 거짓말이라고 불렀습니다. 허벅지의 상처에서 피가 뚝뚝 떨어졌다

깨진 병이 흩어져 위스키와 와인을 쏟았습니다.

중독은 게임을 했다.

그러나 적어도 그 사실은 동일하게 유지됩니다 : 색이 변하는이 세상에서 우울증은 끊임없는 살인자로 남아 있습니다.

그녀가 처음 쓰러진 다음 날 아침

마약과 행동, 그리고 그 모든 지옥 속으로 세상은 예전 같지 않았습니다.

모든 행복한 사람은 절름발이처럼 들렸다.

햇살이 광선에서 광선으로 바뀌었고 어둠이 하루의 모든 부분을 채웠습니다.

그러나 그녀를 시도를 포기한 소녀로 착각하지 마십시오.

그녀는 웃고 웃으며 그녀가 한 모든 것이 울었을 때 웃었다.

그녀는 마지막 숨을 쉴 때까지 싸우는 전사입니다 그녀는 끊임없이 죽음을 생각할 때 사물을 더 밝게 만듭니다.

친애하는 소녀,

포기하지 마세요. 당신의 이야기에는 더 많은 것이 있습니다. 세상을 닫게 하시고 당신의 영광에 대해 노래하게 하소서.

당신은 여기서 끝내지 않을 것입니다 당신은 두려움의 희생양이 되지 않습니다. 내가 일어설 것인가에 대한 질문들 사이에서, 그 어린 소녀가 소리치고 서 있었다

아직도 나는 일어난다.

# 옛

내 과거의 사진을보고

이 모든 일이 어떻게 이루어 졌는지 궁금합니다

내 눈은 불타는 욕망으로 꿈결처럼 보였지만 내 마음은 내 마음의 불을 껐다

나는 항상 늙고 싶어하는 어린 소녀였습니다

나는 아이들이 더 힘들고 사람들이 대담해진다고 생각했다

그러나 나는 성장하는 것이 너무 아프다는 것을 거의 알지 못했습니다.

## 흉터

내가 어렸을 때, 나는 미소 지었다

내 미소는 내가 아홉 살 때 진실이었다. 이제 난 그냥 괜찮은 척

하지만 나는 매일 선을 넘는 것에 가까워지고 있습니다.

# 우리는 같지 않습니다

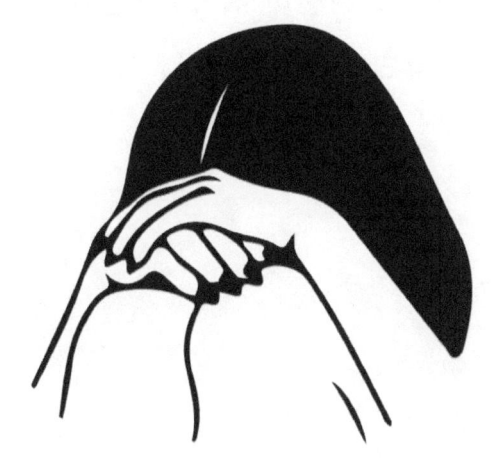

날 봐 너를 봐 우린 예전 같지 않아

나는 이것이 당신에게 의미가 있기를 바랍니다, 나는 어떤 게임도 하지 않습니다.

내가 침묵을 선택했기 때문에

얘기하기 싫다는 건 아니에요 매실에게 기회를 주세요

내 짐은 바위를 깰 수 있습니다. 자살은 작은 일이 아닙니다.

누군가 사라졌고, 당신이 가져올 수 없는 삶에.
고통이 커지고 정신이 위축되었습니다

피눈물을 흘리며 가슴이 철렁 내려앉았다.

# 사랑

숨을 쉬는 것은 너무 어렵습니다

멀어지는 것을 느끼기 위해 가까이 다가가는 것은 내 마음이 엉망이고 상처가 끝없이 피를 흘리며 무너지고 있습니다.

이것은 미소를 짓고 결코 받지 않는 척하지만 죽어가는 내 친구를 위해 이것을 보내는 외로운 친구들을 위한 것입니다

괜찮을거야

다 괜찮을 거야 괜찮을거야

당신은 거의 싸움에서 이겼으니 괜찮을 것입니다

당신은 그냥 꽉 잡아야 만합니다

당신은 이 거친 밤을 견뎌낼 것입니다.

친애하는 친구, 희망을 찾는 사람, 사랑을 찾는 사람

당신은 그것을 통과 할 것입니다

당신이 이미 사랑 받고 있음을 아십시오.

# 아프다

아파요...

당신이 누군가를 너무 사랑할 때 그리고 그들이하는 일은

당신을 추악하게 만들고 당신을 쓰레기처럼 취급하십시오 ...

그리고... 더 아픈 것은

당신은 여전히 그 사람 뒤에서 계속 달리고 있기 때문에 일단 당신이 행복했고 그가 이유였기 때문에...

나는 단지 그것을 놓아주는 법을 배우고 있습니다

내 손에 든 깃털, 창문 밖으로....

확실히 덜 아플 것입니다

칼을 들고 내 가슴을 똑바로 찌르면.....

Immane Shiphrah

# 가장 밝은 미소

그녀는 18 살이었고, 그녀의 접시에 너무 많은 것을 감당할 수 없었고, 그녀는 세상을 사랑한 날을 세기 시작했습니다

세상은 그녀를 사랑하지 않았습니다

그녀는 세상을 사랑할 때 모든 것이 어떻게든 바뀔 날을 바라며 모든 시간을 보냅니다

그리고 그것은 그녀를 다시 사랑할 것입니다

그녀는 구름에 가려진 햇빛의 광선이었다 샤는 백만

개의 의심을 숨기는 가장 밝은 미소를 가지고 있습니다

그녀는 강인함을 유지하려고 노력했고, 모든 것이 잘못되었고, 너무 오래 머물 수 없는 노래를 부르려고 노력했습니다

오! 그녀는 구름에 가려진 한 줄기 햇살이었다

그녀는 백만 가지 의심을 숨기는 가장 밝은 미소를 가지고 있습니다

www.ingramcontent.com/pod-product-compliance
Lightning Source LLC
LaVergne TN
LVHW041637070526
838199LV00052B/3426